Valerian und Veronique

TRÜGERISCHE WELTEN

J.-C. Mézières
und P. Christin

Carlsen Verlag

Aus dem Französischen von Brigitte Westermeier
SUR LES TERRES TRUQUEES

Handlettering: Karin Quilitzsch
12088201 · ISBN 3-551-01879-0 · Bestellnummer 01879

DIE ARTILLERIE IST BEREIT, SIR!

ALSO VORWÄRTS, MEINE HERREN!
FÜR DIE OSTINDISCHE KOMPANIE UND DIE ENGLISCHE KRONE!
FEUER!
BUMM

3A
3B

ABER... DAS IST NICHT PROGRA... PROGRAMMIERT!
DANN NIMM MICH GEFANGEN, SERGEANT!
PIUW
NUN, SEHR SCHÖN, ABER EIN WENIG BESCHRÄNKT, IHRE KLEINEN SPIELCHEN...
...IHRE WAFFEN ÜBRIGENS AUCH!...
SHHHLOFF

DAS PROGRAMM... NICHT EINGEHALTEN...
HIER ALSO...
5A
SSHHLOF
TROTZDEM MUSS ICH AUFPASSEN!
5B

ICH DARF MICH NICHT VERIRREN... HIER IRGENDWO MUSS DER MAHARADSCHA SEIN...
6A
6B
HIER SITTANAVASAL 528! DRINGENDE PROGRAMM-ÄNDERUNG! ICH WIEDERHOLE: DRINGENDE ÄNDERUNG WEGEN BEDROHUNG VON AUSSEN!
DIE WACHEN SIND KEIN PROBLEM... ABER DEN MUSS ICH LOSWERDEN, OHNE ZUM ÄUSSERSTEN ZU GREIFEN...
SHLOPF
HÖRT IHR MICH? ANTWORTET!
6C

JETZT BIN ICH DRAN!
VERONIQUE? ICH ZENTRIERE AUF IHRE KOORDINATEN...
SITTANAVASAL 528? EMPFANGEN!... ÄNDERUNG NEUE AKTION
BOTSCHAFT PROGRAMM-BEWILLIGT! FOLGT!
NA ALSO, ICH KANN'S NOCH!
HABT IHR DA OBEN ALLES REGISTRIERT? ICH WILL HIER NÄMLICH SO SCHNELL WIE MÖGLICH WEG!
VALERIAN! JA, WIR...
SCHALTEN SIE AB, MEINE KLEINE! MEHR BRAUCHEN WIR NICHT!
DAS IST EINE UNGEHEUERLICHKEIT!!!
7A
SO SCHNELL WERDEN SIE MICH ABER NICHT KRIEGEN!
PAW PAW
PAW PAW
PAW
7B

AAAH!

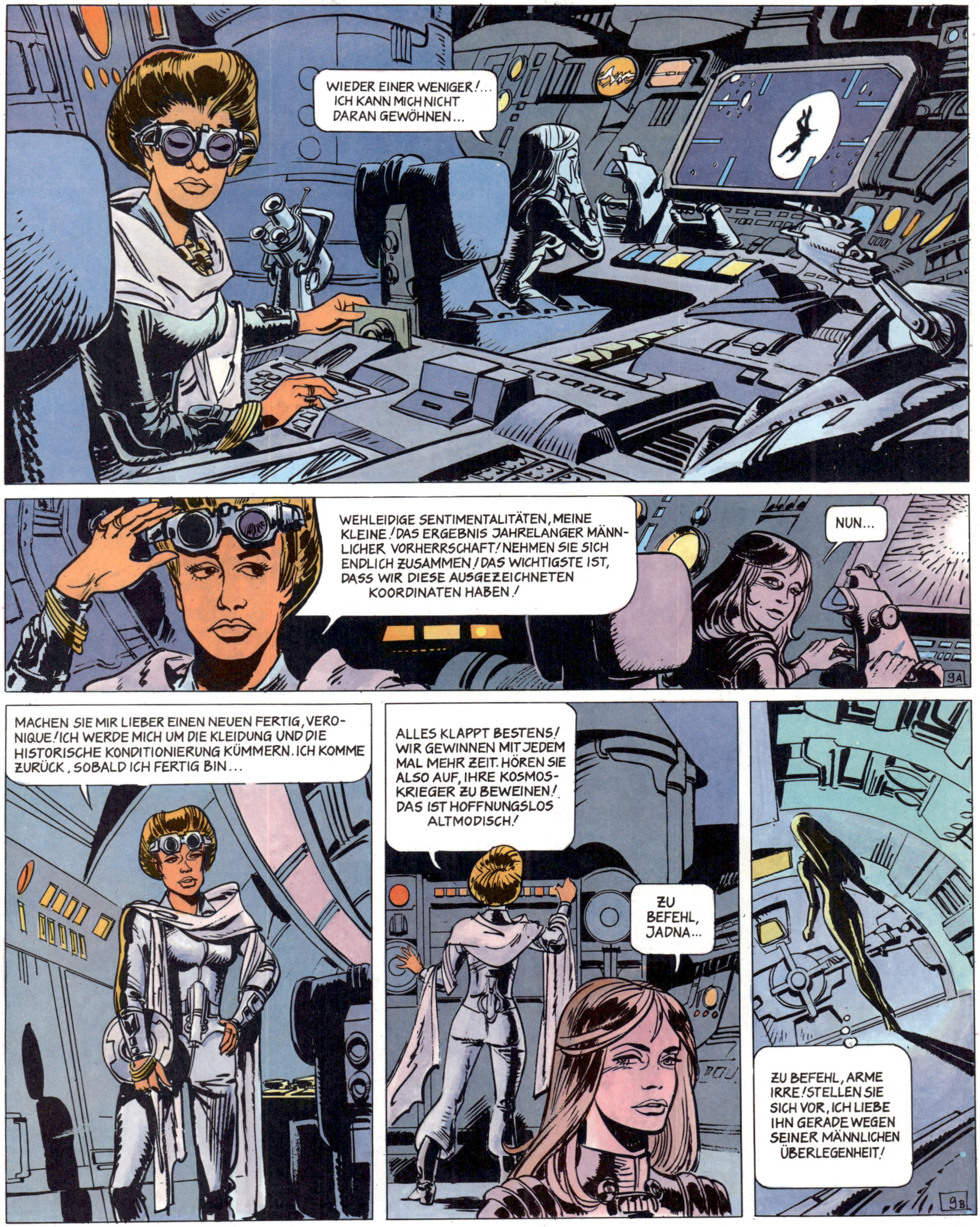
WIEDER EINER WENIGER!... ICH KANN MICH NICHT DARAN GEWÖHNEN...
WEHLEIDIGE SENTIMENTALITÄTEN, MEINE KLEINE! DAS ERGEBNIS JAHRELANGER MÄNNLICHER VORHERRSCHAFT! NEHMEN SIE SICH ENDLICH ZUSAMMEN! DAS WICHTIGSTE IST, DASS WIR DIESE AUSGEZEICHNETEN KOORDINATEN HABEN!
NUN...
9A
MACHEN SIE MIR LIEBER EINEN NEUEN FERTIG, VERONIQUE! ICH WERDE MICH UM DIE KLEIDUNG UND DIE HISTORISCHE KONDITIONIERUNG KÜMMERN. ICH KOMME ZURÜCK, SOBALD ICH FERTIG BIN...
ALLES KLAPPT BESTENS! WIR GEWINNEN MIT JEDEM MAL MEHR ZEIT. HÖREN SIE ALSO AUF, IHRE KOSMOSKRIEGER ZU BEWEINEN! DAS IST HOFFNUNGSLOS ALTMODISCH!
ZU BEFEHL, JADNA...
ZU BEFEHL, ARME IRRE! STELLEN SIE SICH VOR, ICH LIEBE IHN GERADE WEGEN SEINER MÄNNLICHEN ÜBERLEGENHEIT!
9B

TOTEN-STILLE! ABER GLEICH...
WUNDER-BAR, AUF GEHT'S! LOS...
BY APPOINTEMENT
SAVORY & MOORE
CHEMISTS
TO H.M. THE KING
DA IST ER!
HOLEN SIE MICH ZUR ÜBLICHEN ZEIT VOM CLUB AB, JAMES!
SEHR WOHL, MILORD!
PST, MILORD...

ABER... DAS PROGRAMM IST NICHT...
STIMMT! DAS PROGRAMM IST NICHT...
AARGH
ABER SO IST DAS EBEN!
11A
DIE ÄHNLICHKEIT IST NICHT VOLLKOMMEN, ABER...
... MIT DIESEM ACCESSOIRE MÜSSTE ES GEHEN! DIE VERFLIXTE SPEZIALISTIN DA OBEN HAT NICHT DARAN GEDACHT...
GUTEN ABEND, SIR PERCY!
'N ABEND, MEIN GUTER!
JETZT WIRD'S KOMPLIZIERT! HOFFENTLICH ENTDECKT MAN MICH NICHT SO SCHNELL...
GUTEN ABEND, SIR PERCY!
GUTEN ABEND, MAC KELLAR!
EH... IHRE „TIMES", SIR!?!
ACH JA!... DANKE!
11B

DAS FÄNGT JA GUT AN! VIELLEICHT SOLLTE ICH MICH NICHT ZU SEHR BEEILEN? SIR PERCY STRAHLTE SO VIEL ORDNUNG AUS WIE EIN METRONOM...
?
WAS HATTE ER WOHL FÜR GEWOHNHEITEN? NUN, EINE KLEINE STÄRKUNG KÖNNTE MIR NICHT SCHADEN...
NUN... EINEN SCOTCH!
ABER... BSSS... PROGRAMMIERT IST GIN, SIR!
WIE DUMM VON MIR! GIN, NATÜRLICH...
HABEN SIE DIE KOPRAKURSE GESEHEN, SIR PERCY? EIN ZIEMLICH BEMERKENSWERTER ANSTIEG...
12A
ÄHEM... BEMERKENSWERT, IN DER TAT...
ES KLAPPT OFFENBAR NICHT! ICH SOLLTE MICH AUF KEINEN FALL LÄNGER HIER AUFHALTEN! ABER ICH FRAGE MICH, WO SICH DAS BEFINDET, WAS ICH SUCHE...
?
DA! ZWEIFELLOS DIE SÉPARÉES...
OH, PARDON!
WELCH HERRLICHES GESCHÖPF!
ALSO...
DAS WAR AUCH NICHTS! MAL SEHEN...
12B

HALLO, PERCY!
NUN, MEINE HERREN, DAS KABINETT IST VOLLSTÄNDIG. UNSER INFORMELLES TREFFEN WIRD UNS ERLAUBEN...
MEINE HERREN... ENTSCHULDIGEN SIE BITTE... ER... EH... SIR PERCY... DAS ENTSPRICHT NICHT DEM PROGRAMM!
WIE DAS, MEIN FREUND...?
WIR MÜSSEN UM EINE PROGRAMMÄNDERUNG BITTEN!!!
EINE... BSSS... ÄNDERUNG!?
13A
LOS, LOS, MEINE HERREN! ICH BITTE DARUM!...
ICH... BSSS...
ABER ICH HOFFE, DASS IHRE VORBILDER AUS DER VERGANGENHEIT EIN WENIG MEHR ENTSCHLUSSFREUDIGKEIT BESASSEN, UM ENGLAND ZU FÜHREN! UND SIE, VÄTERCHEN, BEEILEN SIE SICH UND GEBEN SIE IHRE MELDUNG DURCH!
SO MIT DEM PRE... PREMIER-MINISTER ZU SPRECHEN!
WENN WIR WISSEN, WAS ZU TUN IST, WERDEN SIE SCHON SEHEN!
ACHTUNG! ICH... BSSS... ICH BIN BEWAFFNET!
DAS IST ABER BEDAUERLICH BEI EINEM LIBERALEN, MEIN LIEBER!
DRINGENDE ÄNDERUNG! ICH WIEDERHOLE...
13B

SCHIESSEN SIE! MAN WIRD ES GEWISS GUTHEISSEN!
ICH RATE IHNEN NICHT DAZU!
DAS HEISST, ICH...
DRINGENDE ÄNDERUNG AUFGRUND...
... SCHWERER BEDROHUNG VON AUSSEN!
FERTIG, VERONIQUE? HIER SIND DIE NEUEN KOORDINATEN...
BOTSCHAFT ERHALTEN! ÄNDERUNG GENEHMIGT! NEUE AKTION FOLGT...
DIE KOORDINATEN SIND REGISTRIERT, VALERIAN!
AUSGEZEICHNET! ICH GLAUBE NÄMLICH, ICH SOLLTE MICH HIER NICHT MEHR ALLZULANGE AUFHALTEN!
HALT!
BANDIT!!
STROLCH!
PAW
14A
BETRÜGER!
HALTET IHN!!!
SCHIESST!!!
14B

Uiiiiii!
WIE FUNKTIONIEREN DIESE DINGER BLOSS!?
MAN KANN RAUM-ZEIT-AGENT SEIN...
...UND LÜCKEN HABEN!
BEER
WHISKIES
OAKEY'S
KNIFE
15A
COVINGTON
CONTRACTOR
JETZT REICHT'S! DIE KRIEGEN MICH...PFFF... NOCH...
WENN ICH WENIGSTENS DAS SCHIFF NOCH...
...HEIL ERREICHEN KÖNNTE...
OH!
15B

AAAH!
DIESE HELDEN DES UNIVERSUMS! IMMER AKTION UM DER AKTION WILLEN! IHR PARTNER VERGEUDET UNSERE WERTVOLLE ZEIT MIT SEINEN VERRÜCKTEN UNTERNEHMUNGEN!
WARUM IST ER DANN AUSGEWÄHLT WORDEN?! VIELLEICHT IST ER EIN IDIOT, ABER DANN EIN SEHR MUTIGER! UND GENAU DESHALB...
GENUG, MEINE KLEINE! ICH MUSS NOCH VIELES KLÄREN, UM UNSERE NÄCHSTE INTERVENTION VORZUBEREITEN, UND DIE ZEIT WIRD KNAPP. ICH GLAUBE, DASS WIR UNSEREN GEGNER BALD TREFFEN WERDEN, MEINE KLEINE! SIE WISSEN ALSO, WAS SIE ZU TUN HABEN...
MEINE KLEINE! MEINE KLEINE! DIE NERVT MICH...

SAN FRANCISCO, CHINATOWN 1895. DAS ORIGINAL IST SICHER NICHT SCHLECHT GEWESEN!
NEIN, WIRKLICH NICHT SCHLECHT...
ABER MIR SCHEINT...
...ES GEHT LANGSAM DRUNTER UND DRÜBER! DIESES MOTORRAD IST EIN SCHLIMMER ANACHRONISMUS, GLAUBE ICH...
AUF JEDEN FALL MUSS ICH MICH AN DEN HANDLUNGSABLAUF HALTEN...
CONSTRUCTION C°
ABER VIELLEICHT KANN ICH DA DRÜBEN BESSER SEHEN...
A. CRAWFORD & C°
NUN, GEHT'S LOS?...
ER NÄHERT SICH DEM GEHEIMTREFF...

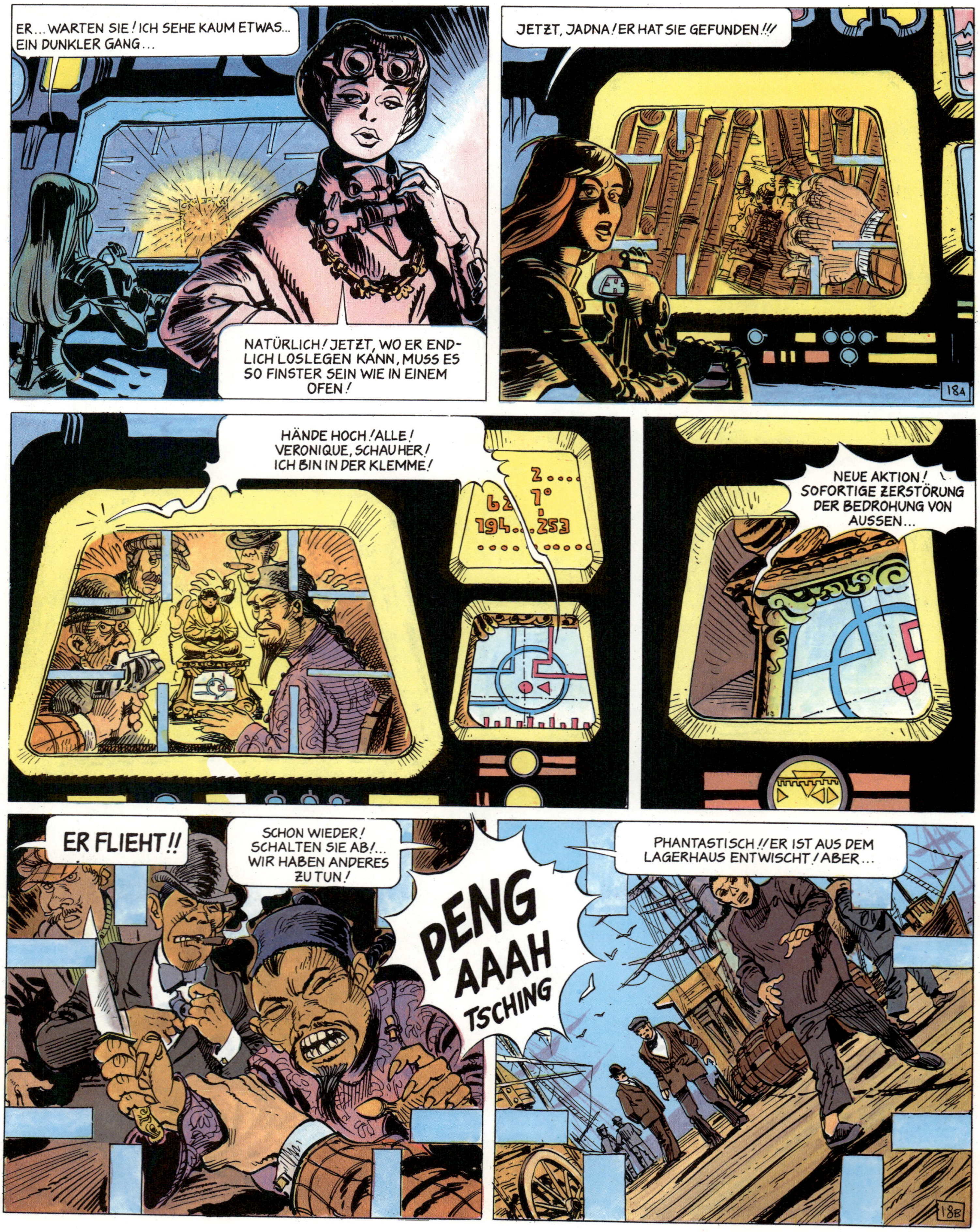
ER... WARTEN SIE! ICH SEHE KAUM ETWAS... EIN DUNKLER GANG...
NATÜRLICH! JETZT, WO ER ENDLICH LOSLEGEN KANN, MUSS ES SO FINSTER SEIN WIE IN EINEM OFEN!
JETZT, JADNA! ER HAT SIE GEFUNDEN!!!
18A
HÄNDE HOCH! ALLE! VERONIQUE, SCHAU HER! ICH BIN IN DER KLEMME!
NEUE AKTION! SOFORTIGE ZERSTÖRUNG DER BEDROHUNG VON AUSSEN...
ER FLIEHT!!
SCHON WIEDER! SCHALTEN SIE AB!... WIR HABEN ANDERES ZU TUN!
PENG
AAAH
TSCHING
PHANTASTISCH!! ER IST AUS DEM LAGERHAUS ENTWISCHT! ABER...
18B

ER IST HINGEFALLEN! ER IST VERLETZT!
SCHALTEN SIE UM AUF SATELLIT, WENN SIE WIRKLICH SEHEN WOLLEN, WAS PASSIERT! DAS BILD, DAS IHR SUPERMANN UNS RAUFSCHICKT, IST NICHT MEHR VIEL WERT...
DA IST ER! SIE VERFOLGEN IHN!
DA HABEN WIR'S! ER HAT SICH SCHON WIEDER ERLEDIGEN LASSEN, IHR HELD! ES WIRD LANGWEILIG! DAS INTERESSANTESTE WAR DIESER ANACHRONISMUS! UNSER GEGNER KOMMT IN BEDRÄNGNIS. ER WIRD DIE NÄCHSTE AKTION WOHL KAUM ZU ENDE FÜHREN. EIGENTLICH SCHADE...

ABER ER GEHT SYSTEMATISCH VOR! JETZT KOMMT ER ZUM 20. JAHRHUNDERT, WENN ICH DIE NEUEN KOORDINATEN RICHTIG DEKODIERT HABE. EINE FASZINIERENDE PERIODE! VOR ALLEM, WEIL ER AUS DEM FÜR IHN TYPISCHEN STÄNDIGEN STREBEN NACH NEUBEGINN HERAUS DIE BELLE EPOQUE EINES LANDES AUSGEWÄHLT HAT, DAS SICH FRANKREICH NANNTE...
WIRKLICH, EIN KÜNSTLER VON ERLESENEM GESCHMACK! NUN JA, DAS INTERESSIERT MENSCHEN WIE SIE WOHL KAUM... ALSO HOLEN SIE MIR BITTE EINEN ANDEREN HERAUS!
NA KLAR! EINER MEHR, EINER WENIGER...
20A
20B
JETZT MUSS ICH MIR SCHNELL EINEN ÜBERBLICK VERSCHAFFEN!
20C

ZUGEGEBEN, IHRE ARBEIT VERSTEHT SIE, DIESE HISTORIKERIN! MIR SCHEINT, DASS NICHTS FEHLT...
AUF GEHT'S!
EINS IST SICHER, ES GIBT IMMER MEHR ANACHRONISMEN...
ICH FRAGE MICH, OB DAS MEINE AUFGABE ERLEICHTERN WIRD ODER IM GEGENTEIL...
NEIN!
BRATACATAC
KAPIERT! DIESMAL ZIELT DIE PROGRAMMIERTE AKTION DARAUF AB, MICH ZU TÖTEN! SOGAR MIT EINEM KILLER AUS EINER ANDEREN EPOCHE...
SELBST WENN ICH NICHT MEHR VIEL ZEIT HABE, LASS ICH MICH NICHT WIE EIN HASE ABKNALLEN!

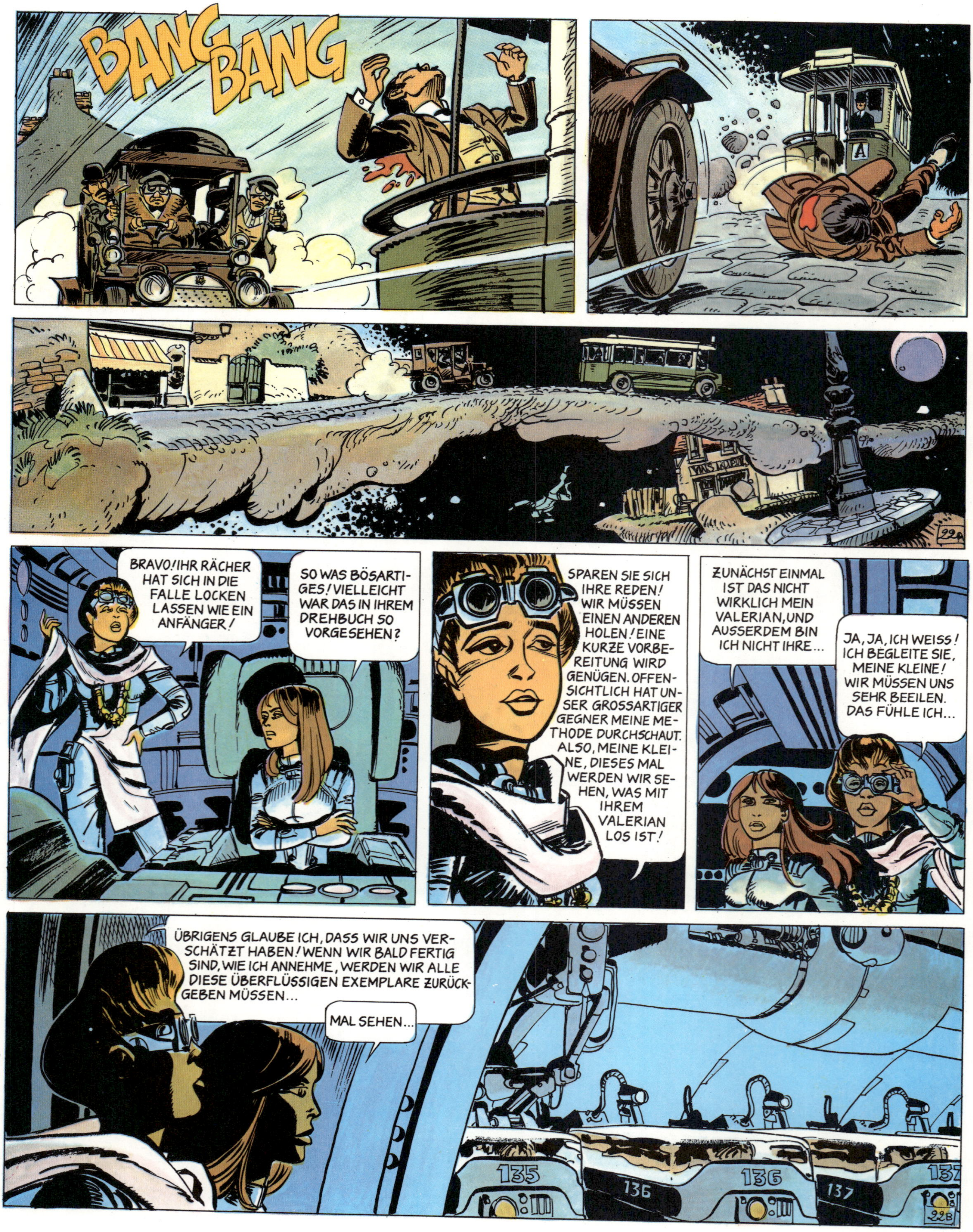
BANG
BANG
VINS LIQUEURS
BRAVO! IHR RÄCHER HAT SICH IN DIE FALLE LOCKEN LASSEN WIE EIN ANFÄNGER!
SO WAS BÖSARTIGES! VIELLEICHT WAR DAS IN IHREM DREHBUCH SO VORGESEHEN?
SPAREN SIE SICH IHRE REDEN! WIR MÜSSEN EINEN ANDEREN HOLEN! EINE KURZE VORBEREITUNG WIRD GENÜGEN. OFFENSICHTLICH HAT UNSER GROSSARTIGER GEGNER MEINE METHODE DURCHSCHAUT. ALSO, MEINE KLEINE, DIESES MAL WERDEN WIR SEHEN, WAS MIT IHREM VALERIAN LOS IST!
ZUNÄCHST EINMAL IST DAS NICHT WIRKLICH MEIN VALERIAN, UND AUSSERDEM BIN ICH NICHT IHRE...
JA, JA, ICH WEISS! ICH BEGLEITE SIE, MEINE KLEINE! WIR MÜSSEN UNS SEHR BEEILEN. DAS FÜHLE ICH...
ÜBRIGENS GLAUBE ICH, DASS WIR UNS VERSCHÄTZT HABEN! WENN WIR BALD FERTIG SIND, WIE ICH ANNEHME, WERDEN WIR ALLE DIESE ÜBERFLÜSSIGEN EXEMPLARE ZURÜCKGEBEN MÜSSEN...
MAL SEHEN...
135
136
136
137
137

WECKEN SIE DEN NÄCHSTEN AUF, ICH BEREITE INZWISCHEN EINE VERKÜRZTE KONDITIONIERUNG VOR!
MIT VERGNÜGEN! DAS IST ZWAR NUR EINE ZEITWEILIGE GESELLSCHAFT...
...ABER SIE IST ANGENEHMER ALS ANDERE!
210
HALLO!
UAAAH... ACH NEIN!? WAS...
210
23A
WAS MACH ICH HIER? UND... ALLE DIE DA?...
DAS SIND DOPPELGÄNGER, DIE NUR KURZE ZEIT LEBEN! IHRE PHYSISCHEN UND PSYCHISCHEN FÄHIGKEITEN HALTEN MAXIMAL DREI STUNDEN...
AHA... ÜBRIGENS ERINNERE ICH MICH JETZT! ABER AUCH WENN ICH DAS ORIGINAL BIN, FÜHLE ICH MICH NICHT SEHR WOHL!
MEIN KLEINER! DU BIST NICHT DAS ORIGINAL!
WIE... WIESO!?!
ERINNERE DICH, DA LIEGT DER WIRKLICHE! DU UND DIE ANDEREN, IHR SEID KÜNSTLICH HERGESTELLT WORDEN, WEGEN DER BESONDEREN ART DER MISSION...
MISSION? ACH JA...
23B

...DIE SEHR VIEL MUT UND GROSSE DISKRETION ERFORDERT...
UND... EH... DAS HAT BIS JETZT GEKLAPPT?
DU SIEHST DIE VIELEN LEEREN BOXEN! ABER ES IST BALD VORBEI...
HM... UND WAS SOLL ICH DABEI?
34
35
KOMMEN SIE SOFORT HIERHER!... EINE LEICHTE PSYCHOLOGISCHE KONDITIONIERUNG IST NOCH NÖTIG, DAMIT SIE ERFOLG HABEN...
UND DIESES MAL MÜSSEN SIE WIRKLICH EIN WENIG LIST ENTWICKELN, MEIN JUNGE!
ABER... WAS HAB ICH IHR GETAN?!
MACH DIR NICHTS DARAUS, MEIN LIEBLING! ES IST WIE EIN TRAUM... SCHNELL VORBEI...
ERSPAREN SIE MIR DIESE KINDEREIEN! GROSSE JUNGEN GEHEN GANZ BRAV DA HINEIN!
ICH MÖCHTE WISSEN...
SIE WERDEN NOCH VERSTEHEN, GLAUBEN SIE MIR! ICH ZEIGE IHNEN, WAS DAS LETZTE MAL GESCHEHEN IST, UND GEBE IHNEN DIE WESENTLICHEN DATEN, DIE LINGUISTISCHEN RUDIMENTE EINGESCHLOSSEN.
ARMER KLEINER VALERIAN, DU WIRST IN DER TAT BALD WISSEN...
UND SIE, KOPFLOSES JUNGES DING, BEWAFFNEN SIE EIN NEUES SCHIFF, STATT SICH IHREN GEFÜHLEN ZU ÜBERLASSEN!

NUR NOCH ZWEIEINHALB STUNDEN ZU LEBEN!... UND DIE DA OBEN, GUT VERSTECKT IN IHREM SICHEREN RAUMSCHIFF...
WIE OFT BIN ICH SCHON GESTORBEN IN DIESER GESCHICHTE?
DAS HEISST, WENN ICH „ICH" SAGE, DANN WEISS ICH SEHR WOHL, DASS MEIN WAHRES ICH NICHT DAS ICH HIER IST... SOLLEN SIE DOCH ZUM TEUFEL GEHEN MIT IHRER MISSION! ERST MEIN LETZTES ICH RÄCHEN UND DANACH VERSUCHEN, HIER HERAUSZUKOMMEN... ES MUSS DOCH EINE MÖGLICHKEIT GEBEN!...
VALERIAN! ES IST WÜNSCHENSWERT, DASS SIE IN DIREKTER VERBINDUNG MIT UNS STEHEN, ABER ERSPAREN SIE UNS IHRE MONOLOGE, MEIN JUNGE! WISSEN SIE, ES SIND IMMER DIESELBEN! IHR HELDENTUM MUSS AUSSCHLIESSLICH DARAUF ABZIELEN, DIE DATEN ZU ERFAHREN! VERSTANDEN!?!
UND OB! UND DA DAS SO IST, SCHALTE ICH DEN TON AB, GRÄFIN! ... BITTE SEHR!
HIER WURDE MEIN UNGLÜCKSELIGER DOPPELGÄNGER ERSCHOSSEN! DER KILLER MUSS SICH IN DER NÄHE VERSTECKT HABEN...
DA IST DER BUS!

UND DA DAS AUTO!!! ABER DIESES MAL...
...MEINE FREUNDE, WIRD ES NICHT SO EINFACH SEIN!
ACHTUNG, AMIGOS!
KEINE BEWEGUNG!
TUT MIR LEID! ABER SO WIRD MAN NICHT MIT EINEM KLUGEN KERLCHEN FERTIG!... HAHA!... FERTIG, VERONIQUE?...
26A
...HIER SIND DIE KOORDINATEN. ICH... HE!
ZERSTÖRUNGSAKTION GESCHEITERT! PROGRAMMÄNDERUNG ERBETEN!
KNALL IHN AB, EUGÈNE! VERFLIXT!
HE DU, FASS MEIN LENKRAD NICHT AN!
VERO...
ICH WIEDERHOLE: PRO...
SO, SIE KÖNNEN ZUFRIEDEN SEIN! SIE HABEN IHN ERWISCHT!
VIELLEICHT, ABER WIR HABEN DIE NEUEN KOORDINATEN! WENIGER ALS EIN LICHTJAHR, STELLEN SIE SICH DAS VOR! UND DIESES MAL IST UNSER GENIALER WIDERSACHER NOCH AM ORT, DAVON BIN ICH ÜBERZEUGT!
WIR MÜSSEN UNS BEEILEN! EINERSEITS WEISS ER NUN, DASS ER VERFOLGT WIRD...
26B

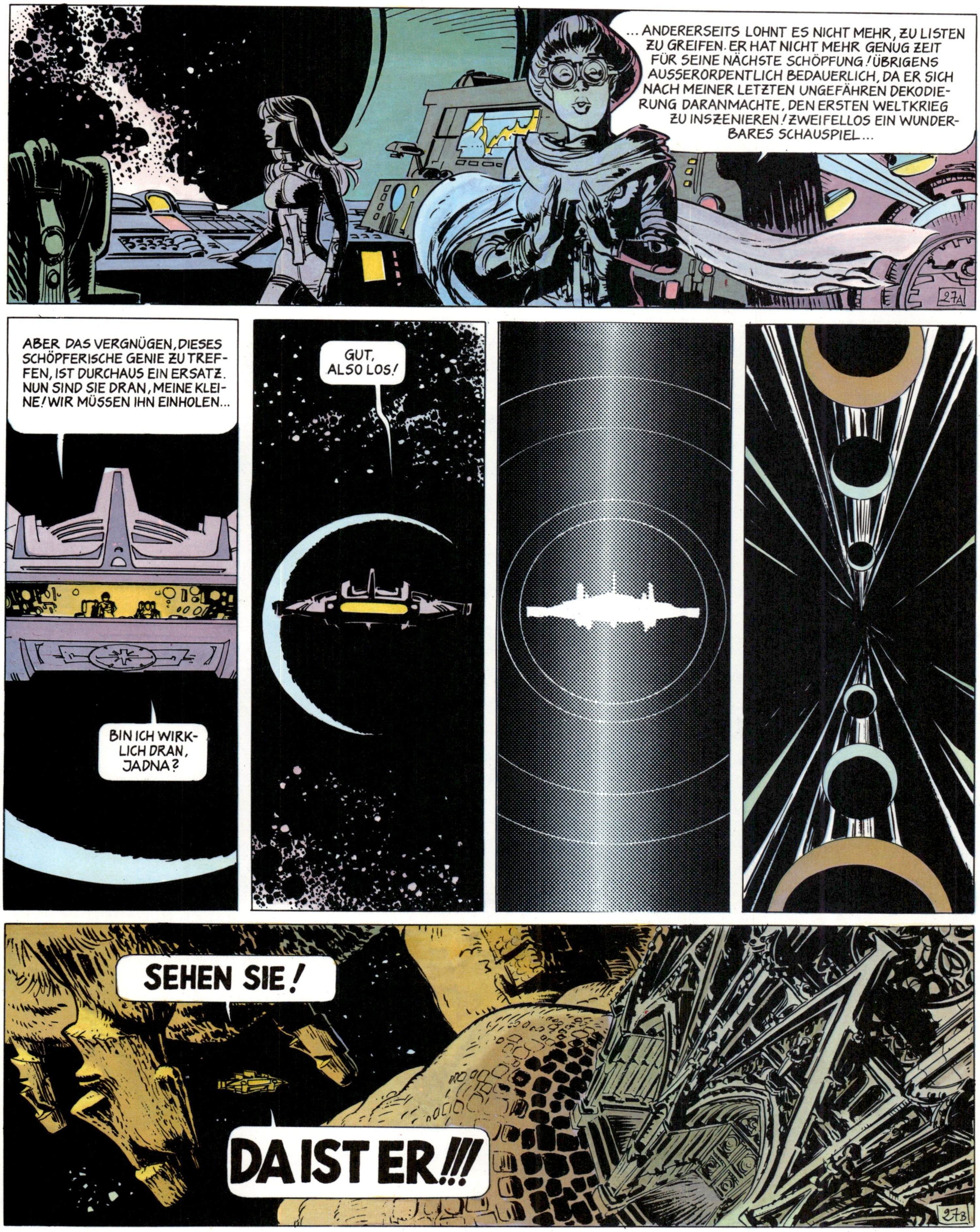

... ANDERERSEITS LOHNT ES NICHT MEHR, ZU LISTEN ZU GREIFEN. ER HAT NICHT MEHR GENUG ZEIT FÜR SEINE NÄCHSTE SCHÖPFUNG! ÜBRIGENS AUSSERORDENTLICH BEDAUERLICH, DA ER SICH NACH MEINER LETZTEN UNGEFÄHREN DEKODIERUNG DARANMACHTE, DEN ERSTEN WELTKRIEG ZU INSZENIEREN! ZWEIFELLOS EIN WUNDERBARES SCHAUSPIEL...
ABER DAS VERGNÜGEN, DIESES SCHÖPFERISCHE GENIE ZU TREFFEN, IST DURCHAUS EIN ERSATZ. NUN SIND SIE DRAN, MEINE KLEINE! WIR MÜSSEN IHN EINHOLEN...
BIN ICH WIRKLICH DRAN, JADNA?
GUT, ALSO LOS!
SEHEN SIE!
DA IST ER!!!

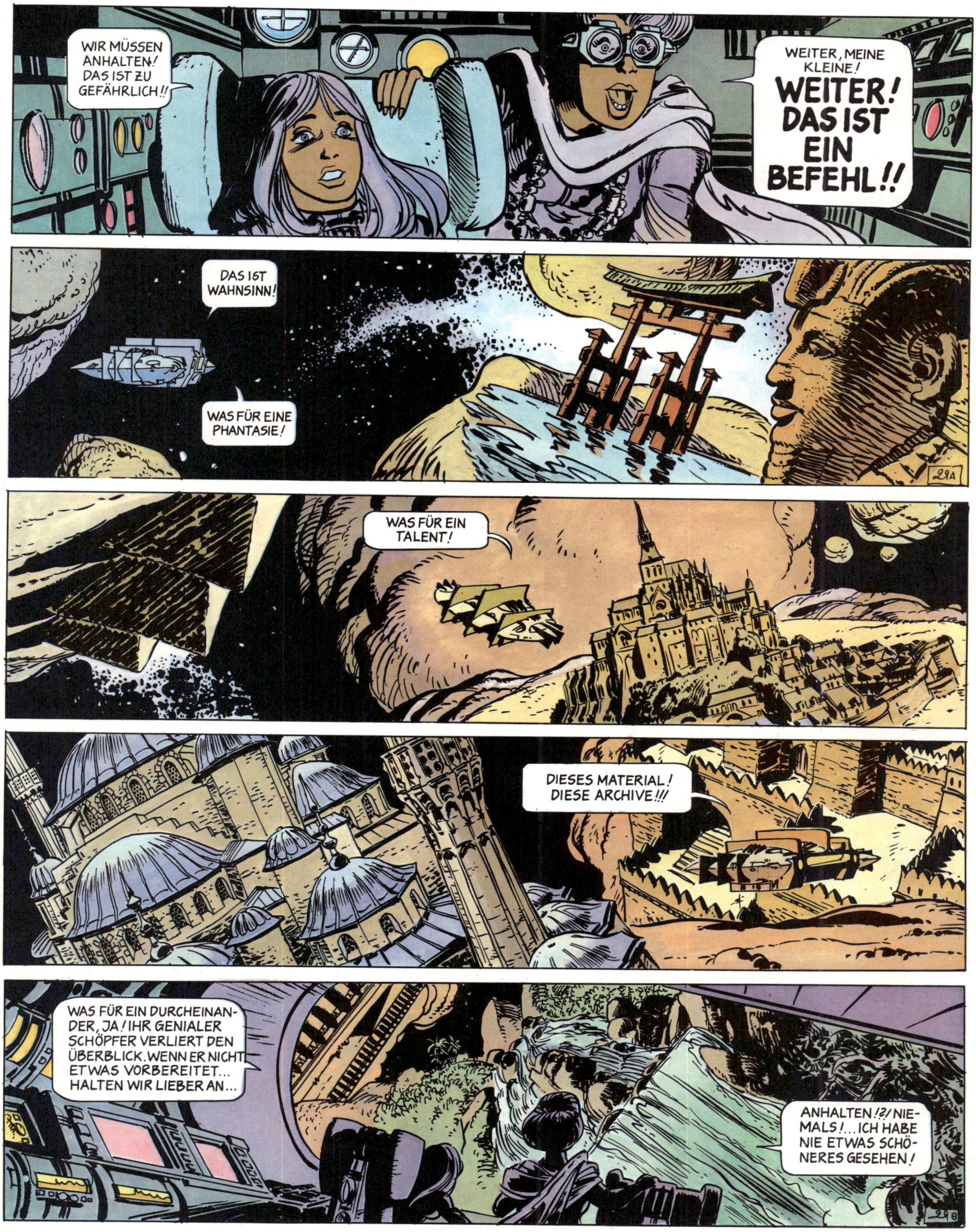
WIR MÜSSEN ANHALTEN! DAS IST ZU GEFÄHRLICH!!
WEITER, MEINE KLEINE! WEITER! DAS IST EIN BEFEHL!!
DAS IST WAHNSINN!
WAS FÜR EINE PHANTASIE!
WAS FÜR EIN TALENT!
DIESES MATERIAL! DIESE ARCHIVE!!!
WAS FÜR EIN DURCHEINANDER, JA! IHR GENIALER SCHÖPFER VERLIERT DEN ÜBERBLICK. WENN ER NICHT ETWAS VORBEREITET... HALTEN WIR LIEBER AN...
ANHALTEN!?! NIEMALS!... ICH HABE NIE ETWAS SCHÖNERES GESEHEN!

ICH SAGE IHNEN, DASS...
UND ICH, ICH SAGE IHNEN, DASS...
AAAA
30A
CRRRRR
30B
POC
ABER, WAS...
AH, ICH VERSTEHE DIE IDEE...
30C

EINE VERBLÜFFENDE ORIGINALITÄT! DER ERSTE WELTKRIEG ALS HINTERGRUND FÜR UNSERE BEGEGNUNG!
31A
ABER WAS KÖNNEN DIESE ARMSELIGEN SOLDATEN MIT IHREN PRIMITIVEN WAFFEN SCHON AUSRICHTEN?
31B
AHA! DIE STUNDE DES ZWEIKAMPFS IST ANGEBROCHEN! NUN...
MEIN GEGENSCHLAG WIRD DEM ANGRIFF EBENBÜRTIG SEIN!
31C

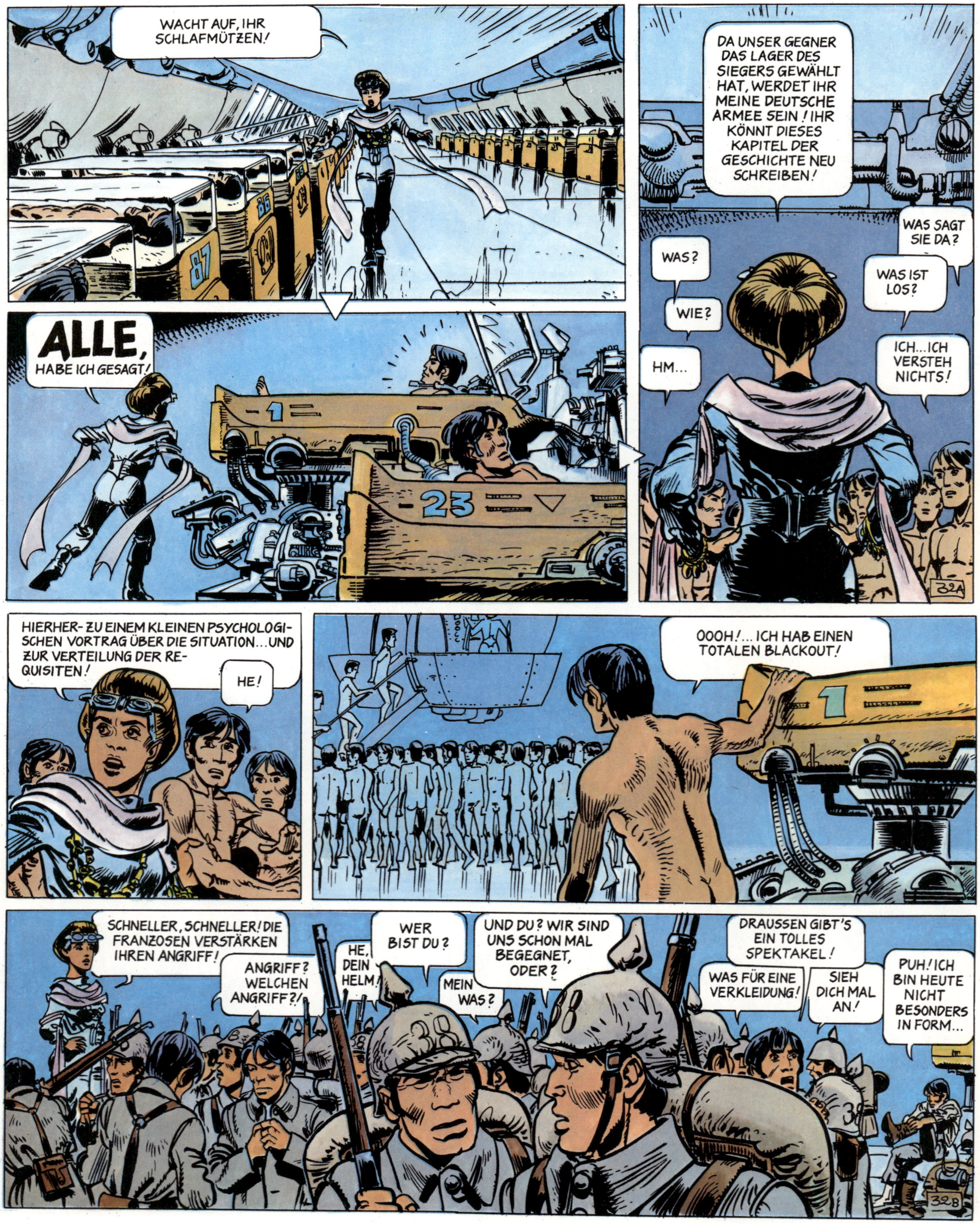
WACHT AUF, IHR SCHLAFMÜTZEN!
DA UNSER GEGNER DAS LAGER DES SIEGERS GEWÄHLT HAT, WERDET IHR MEINE DEUTSCHE ARMEE SEIN! IHR KÖNNT DIESES KAPITEL DER GESCHICHTE NEU SCHREIBEN!
WAS SAGT SIE DA?
WAS?
WAS IST LOS?
WIE?
ALLE, HABE ICH GESAGT!
HM...
ICH... ICH VERSTEH NICHTS!
HIERHER- ZU EINEM KLEINEN PSYCHOLOGISCHEN VORTRAG ÜBER DIE SITUATION... UND ZUR VERTEILUNG DER REQUISITEN!
HE!
OOOH!... ICH HAB EINEN TOTALEN BLACKOUT!
SCHNELLER, SCHNELLER! DIE FRANZOSEN VERSTÄRKEN IHREN ANGRIFF!
ANGRIFF? WELCHEN ANGRIFF?!
HE, DEIN HELM!
WER BIST DU?
MEIN WAS?
UND DU? WIR SIND UNS SCHON MAL BEGEGNET, ODER?
DRAUSSEN GIBT'S EIN TOLLES SPEKTAKEL!
WAS FÜR EINE VERKLEIDUNG!
SIEH DICH MAL AN!
PUH! ICH BIN HEUTE NICHT BESONDERS IN FORM...

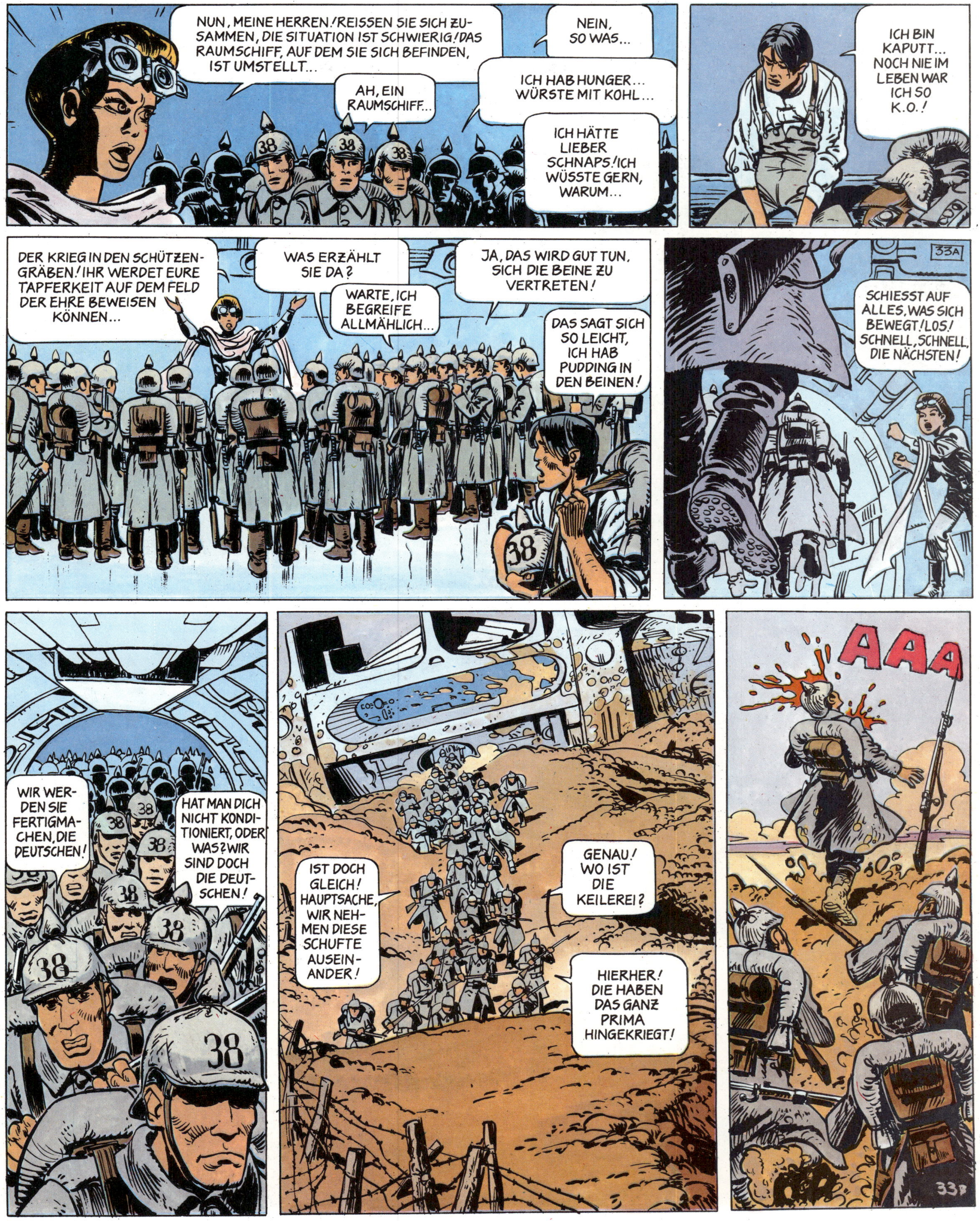
NUN, MEINE HERREN! REISSEN SIE SICH ZUSAMMEN, DIE SITUATION IST SCHWIERIG! DAS RAUMSCHIFF, AUF DEM SIE SICH BEFINDEN, IST UMSTELLT...
AH, EIN RAUMSCHIFF...
NEIN, SO WAS...
ICH HAB HUNGER... WÜRSTE MIT KOHL...
ICH HÄTTE LIEBER SCHNAPS! ICH WÜSSTE GERN, WARUM...
ICH BIN KAPUTT... NOCH NIE IM LEBEN WAR ICH SO K.O.!
DER KRIEG IN DEN SCHÜTZENGRÄBEN! IHR WERDET EURE TAPFERKEIT AUF DEM FELD DER EHRE BEWEISEN KÖNNEN...
WAS ERZÄHLT SIE DA?
WARTE, ICH BEGREIFE ALLMÄHLICH...
JA, DAS WIRD GUT TUN, SICH DIE BEINE ZU VERTRETEN!
DAS SAGT SICH SO LEICHT, ICH HAB PUDDING IN DEN BEINEN!
33A
SCHIESST AUF ALLES, WAS SICH BEWEGT! LOS! SCHNELL, SCHNELL, DIE NÄCHSTEN!
WIR WERDEN SIE FERTIGMACHEN, DIE DEUTSCHEN!
HAT MAN DICH NICHT KONDITIONIERT, ODER WAS? WIR SIND DOCH DIE DEUTSCHEN!
IST DOCH GLEICH! HAUPTSACHE, WIR NEHMEN DIESE SCHUFTE AUSEINANDER!
GENAU! WO IST DIE KEILEREI?
HIERHER! DIE HABEN DAS GANZ PRIMA HINGEKRIEGT!
AAA
33B

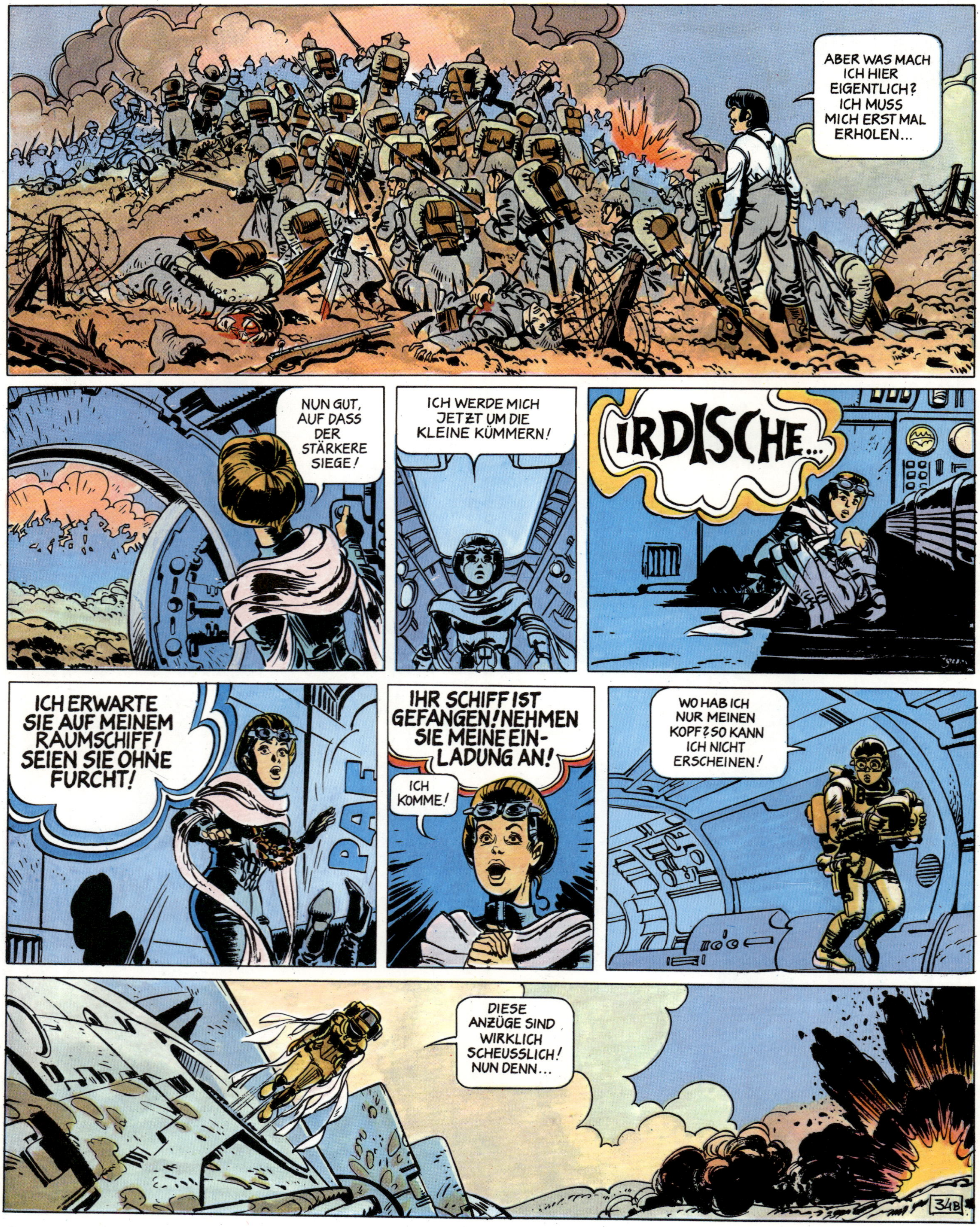
ABER WAS MACH ICH HIER EIGENTLICH? ICH MUSS MICH ERST MAL ERHOLEN...
NUN GUT, AUF DASS DER STÄRKERE SIEGE!
ICH WERDE MICH JETZT UM DIE KLEINE KÜMMERN!
IRDISCHE...
ICH ERWARTE SIE AUF MEINEM RAUMSCHIFF! SEIEN SIE OHNE FURCHT!
PAF
IHR SCHIFF IST GEFANGEN! NEHMEN SIE MEINE EIN-LADUNG AN!
ICH KOMME!
WO HAB ICH NUR MEINEN KOPF? SO KANN ICH NICHT ERSCHEINEN!
DIESE ANZÜGE SIND WIRKLICH SCHEUSSLICH! NUN DENN...
34B

EIN BISSCHEN BRUTAL, ABER ES HAT EINE GEWISSE WIRKUNG!
!?!
DIESE WAGHALSIGEN SCHWACHKÖPFE! SOLLTEN DIE VORHABEN, MICH ZU BEGLEITEN? BEZAUBERNDE IDEE, ABER...
...ICH HAB KEINE ZEIT ZU VERLIEREN...
...DENN DIE STUNDE IST DA...

...DEM ZU BEGEGNEN, DER DIES ALLES ER-SONNEN HAT!
36

DA IST SIE ALSO, MEINE GRAUSAME VERFOLGERIN...
UND DA MEINE GEHEIMNISVOLLE BEUTE...
DER KAMPF TOBT, NICHT WAHR?
NUN, DIE SCHÖNHEIT DER AKTION...
37A
AH... ICH WUSSTE IMMER, DASS ICH EINEN GEGNER MEINES FORMATS HATTE! UND NUR DIE VON MIR SO HEISSGELIEBTE ERDE KONNTE MIR EINE SO GROSSE FREUDE BEREITEN. WELCH ERHEBENDES GEFÜHL, ALS ICH ERFUHR, DASS DIE BESTE HISTORIKE-RIN VON GALAXITY SICH MIT MIR MESSEN WÜRDE!
ES WAR MIR EIN VER-GNÜGEN! ABER ER-KLÄREN SIE MIR IHRE QUELLEN... IHR BEWUN-DERNSWERTES WIS-SEN ÜBER UNSERE VERGANGENHEIT!
MEIN PLANET, DEN ICH HASSE, HAT KEINE GESCHICHTE. NICHTS, VERSTEHEN SIE? WIE WIR ERSCHIE-NEN SIND, SO SIND WIR GEBLIEBEN. VON UNSEREN ANFÄNGEN AN WAR UNSERE TECHNIK HOCHENTWICKELT. UNSERE GESELLSCHAFTLICHE UND FAMILIÄRE ORDNUNG IST VOLLKOMMEN. DER BEWEIS: ICH BIN HIER MIT DER ZU-STIMMUNG MEINER VÄTER UND MÜTTER, WIE ALLE MEINE BRÜDER UND SCHWESTERN, DIE IM RIESIGEN KOSMOS IHREN VERRICHTUNGEN NACHGEHEN...
MEIN PLANET IST LEIDER SEHR KLEIN UND, GLAUBEN SIE MIR, ZIEMLICH TROSTLOS. KEINE ZUSAMMENSTÖSSE, KEINE KREATIVITÄT! ES IST TRAURIG! ALS ICH DAHER ZUFÄLLIG BEI EINER MEINER SONNENUMKREISUNGEN DIE BEWUNDERNSWERTE FÜLLE IHRER GESCHICHTE ENTDECKTE...
SIE WAREN ES, DER VERSUCHT HAT, SICH IN DAS ZEITLICHE RASTER DER VER-GANGENHEIT DER ERDE HINEINZUBE-GEBEN, NICHT WAHR?
37B

ABER ICH WURDE DAVONGEJAGT, OBWOHL ICH NUR DA WAR, UM ZU BEWUNDERN, UND OBGLEICH ICH MICH BEMÜHT HABE, ÄUSSERE FORMEN ANZUNEHMEN, DIE VIEL... UNAUFFÄLLIGER WAREN.
GERADE AUFGRUND DER KOMPLEXITÄT UNSERER GESCHICHTE WIRD UNSERE VERGANGENHEIT SEHR STRENG ÜBERWACHT, VERSTEHEN SIE? ICH SELBST HABE DIE GRÖSSTE MÜHE, GENEHMIGUNGEN ZU ERHALTEN, UM VOR ORT NACHFORSCHUNGEN ANZUSTELLEN. DIESE LEUTE VON DER RAUM-ZEIT-ABTEILUNG SIND VON EINER PLATTHEIT...
ICH HABE SEHR SCHNELL BEGRIFFEN, DASS DIE PATROUILLEN EIN HINDERNIS DARSTELLTEN, UND IN JEDEM FALL HAT MICH DIE ROLLE DES BEOBACHTERS NICHT VOLLAUF BEFRIEDIGT. DAHER HABE ICH ANGEFANGEN, ANDERS ZU ARBEITEN. FOLGEN SIE MIR...
38A
SEHEN SIE! IKONOTHEK, BIBLIOTHEK, DISKOTHEK, FILMOTHEK, VIDEOTHEK!... ICH HABE SEHR VIEL MÜHE GEHABT, IHRE GEHEIMNISSE ZU ERFORSCHEN!
DANN HABEN SIE ALSO UNSERE ERINNERUNGS-ABTEILUNGEN DURCHEINANDERGEBRACHT! DAS DACHTE ICH MIR!
ICH HABE TATSÄCHLICH VIEL GESTOHLEN, UND ICH HABE DIE SO ENTDECKTEN TAUSEND WUNDERDINGE SEHR TEUER BEZAHLT! ABER ICH GLAUBE, DASS ICH FAST ALLES GESEHEN UND GELESEN HABE...
ANATOMIE, BIOLOGIE, MEDIZIN, ASTRONOMIE, METEOROLOGIE, AGRONOMIE, PSYCHOLOGIE, ÖKONOMIE... ICH ZÄHLE NATÜRLICH NUR EINIGES AUF. ABER DIE EPOCHEN, DIE MICH AM MEISTEN INTERESSIEREN, SIND NATÜRLICH DIE, ÜBER DIE ES DIE MEISTEN DOKUMENTE GIBT...
38B

NATÜRLICH... ICH HABE NUR IHRE SAMMLUNG ÜBER DIE JAHRHUNDERTWENDE GESEHEN. WAHRHAFTIG, MEISTERHAFT REKONSTRUIERT!
SIE SIND ZU LIEBENSWÜRDIG! ABER IN DER GEGEND VON DENEBOLA, IN DER KONSTELLATION DES LÖWEN, HABE ICH EINIGE MITTELALTERLICHE STÄDTE GESCHAFFEN, AUF DIE ICH MINDESTENS EBENSO STOLZ BIN. ICH SEHE MIR AUCH OFT MEINE CHINESISCHE PERIODE, NAHE BEI ZUBEN-EL-AKRAB, AN.
39A
WAS ZÄHLT, IST ALLERDINGS NICHT SO SEHR DIE GENAUIGKEIT WIE DIE PHANTASIE. DIE PHANTASIE, DIE MEINER EIGENEN WELT SO SEHR FEHLT! ICH HABE MICH DAHER VOR ALLEM VON IHREN DICHTERN INSPIRIEREN LASSEN, IHREN SCHRIFTSTELLERN, IHREN CINÉASTEN...
WEN BEVORZUGEN SIE, LIEBER FREUND?
WIE SIE MICH VERSTEHEN! WARTEN SIE, LASSEN SIE MICH ÜBERLEGEN... WENN ES UM DIE KUNST DER INTRIGE GEHT, GANZ ZWEIFELLOS DEN SCHELMENROMAN DES 18. JAHRHUNDERTS. STENDHAL UND EINIGE ANDERE, UM ETWAS VON DEM ZU VERSTEHEN, WAS SIE LIEBE NENNEN. ROUSSEL UND BORGÈS, UM EINE VORSTELLUNG VOM ABSOLUTEN LITERARISCHEN IDEALISMUS ZU BEKOMMEN. ABER WIE SOLL ICH ALLE NENNEN, DIE ICH LIEBE!
LASSEN SIE MICH RATEN... MIR SCHEINT, DASS IHR VISUELLES VORGEHEN SICH VOR ALLEM AUF HITCHCOCK UND EISENSTEIN STÜTZT...
OH, WELCH AUSSERORDENTLICHER SCHARFSINN! DEM ERSTEN VERDANKE ICH DIE PRÄZISE ANORDNUNG DER PLANSEQUENZEN, DEM ZWEITEN DIE KUNST DER MASSENSZENEN...
UND WIE HABEN SIE DAS ALLES MATERIALISIEREN KÖNNEN?
NICHTS ALS AUFWENDIGE, LANGWEILIGE TECHNIK! KOMMEN SIE, ICH WERDE SIE IHNEN ZEIGEN...
DAMIT STELLE ICH MATERIE SYNTHETISCH HER...
39B

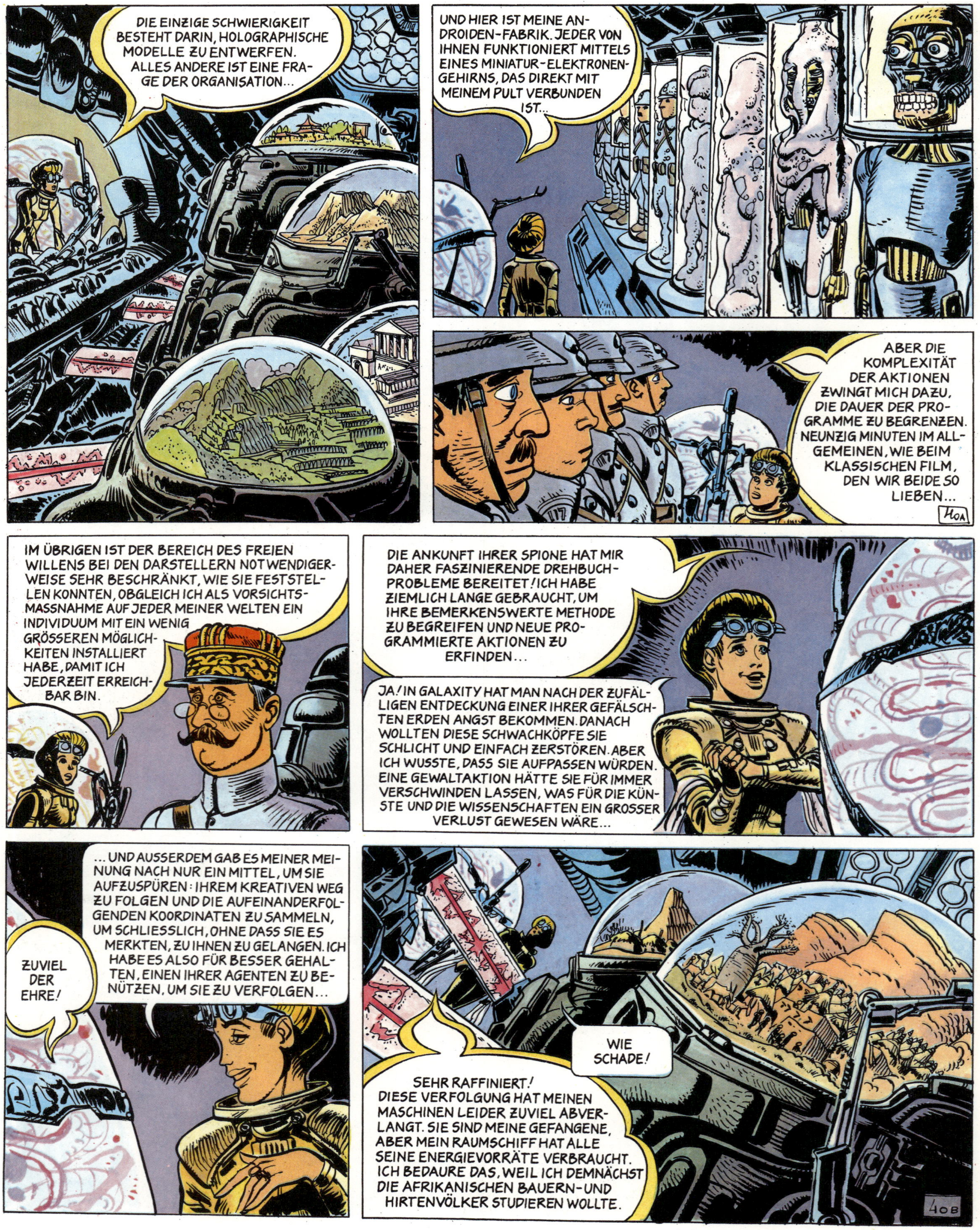
DIE EINZIGE SCHWIERIGKEIT BESTEHT DARIN, HOLOGRAPHISCHE MODELLE ZU ENTWERFEN. ALLES ANDERE IST EINE FRAGE DER ORGANISATION...
UND HIER IST MEINE ANDROIDEN-FABRIK. JEDER VON IHNEN FUNKTIONIERT MITTELS EINES MINIATUR-ELEKTRONENGEHIRNS, DAS DIREKT MIT MEINEM PULT VERBUNDEN IST...
ABER DIE KOMPLEXITÄT DER AKTIONEN ZWINGT MICH DAZU, DIE DAUER DER PROGRAMME ZU BEGRENZEN. NEUNZIG MINUTEN IM ALLGEMEINEN, WIE BEIM KLASSISCHEN FILM, DEN WIR BEIDE SO LIEBEN...
IM ÜBRIGEN IST DER BEREICH DES FREIEN WILLENS BEI DEN DARSTELLERN NOTWENDIGERWEISE SEHR BESCHRÄNKT, WIE SIE FESTSTELLEN KONNTEN, OBGLEICH ICH ALS VORSICHTSMASSNAHME AUF JEDER MEINER WELTEN EIN INDIVIDUUM MIT EIN WENIG GRÖSSEREN MÖGLICHKEITEN INSTALLIERT HABE, DAMIT ICH JEDERZEIT ERREICHBAR BIN.
DIE ANKUNFT IHRER SPIONE HAT MIR DAHER FASZINIERENDE DREHBUCHPROBLEME BEREITET! ICH HABE ZIEMLICH LANGE GEBRAUCHT, UM IHRE BEMERKENSWERTE METHODE ZU BEGREIFEN UND NEUE PROGRAMMIERTE AKTIONEN ZU ERFINDEN...
JA! IN GALAXITY HAT MAN NACH DER ZUFÄLLIGEN ENTDECKUNG EINER IHRER GEFÄLSCHTEN ERDEN ANGST BEKOMMEN. DANACH WOLLTEN DIESE SCHWACHKÖPFE SIE SCHLICHT UND EINFACH ZERSTÖREN. ABER ICH WUSSTE, DASS SIE AUFPASSEN WÜRDEN. EINE GEWALTAKTION HÄTTE SIE FÜR IMMER VERSCHWINDEN LASSEN, WAS FÜR DIE KÜNSTE UND DIE WISSENSCHAFTEN EIN GROSSER VERLUST GEWESEN WÄRE...
...UND AUSSERDEM GAB ES MEINER MEINUNG NACH NUR EIN MITTEL, UM SIE AUFZUSPÜREN: IHREM KREATIVEN WEG ZU FOLGEN UND DIE AUFEINANDERFOLGENDEN KOORDINATEN ZU SAMMELN, UM SCHLIESSLICH, OHNE DASS SIE ES MERKTEN, ZU IHNEN ZU GELANGEN. ICH HABE ES ALSO FÜR BESSER GEHALTEN, EINEN IHRER AGENTEN ZU BENÜTZEN, UM SIE ZU VERFOLGEN...
ZUVIEL DER EHRE!
SEHR RAFFINIERT! DIESE VERFOLGUNG HAT MEINEN MASCHINEN LEIDER ZUVIEL ABVERLANGT. SIE SIND MEINE GEFANGENE, ABER MEIN RAUMSCHIFF HAT ALLE SEINE ENERGIEVORRÄTE VERBRAUCHT. ICH BEDAURE DAS, WEIL ICH DEMNÄCHST DIE AFRIKANISCHEN BAUERN- UND HIRTENVÖLKER STUDIEREN WOLLTE.
WIE SCHADE!

HÄTTEN SIE LUST, MEINE ETHNOGRAPHISCHEN DOKUMENTE ZU STUDIEREN, MEINE MODELLE ANZUSEHEN, IN MEINEN DREHBUCHVORLAGEN ZU BLÄTTERN?
SIE SIND ZU LIEBENSWÜRDIG!...
41 A
OH, MEIN KOPF... UND WO IST JADNA?
VIELLEICHT IM LABOR...
LEER!! ...UND DER RICHTIGE VALERIAN IST FORT! ER AUCH!! DANN...
1
23
26
41 B

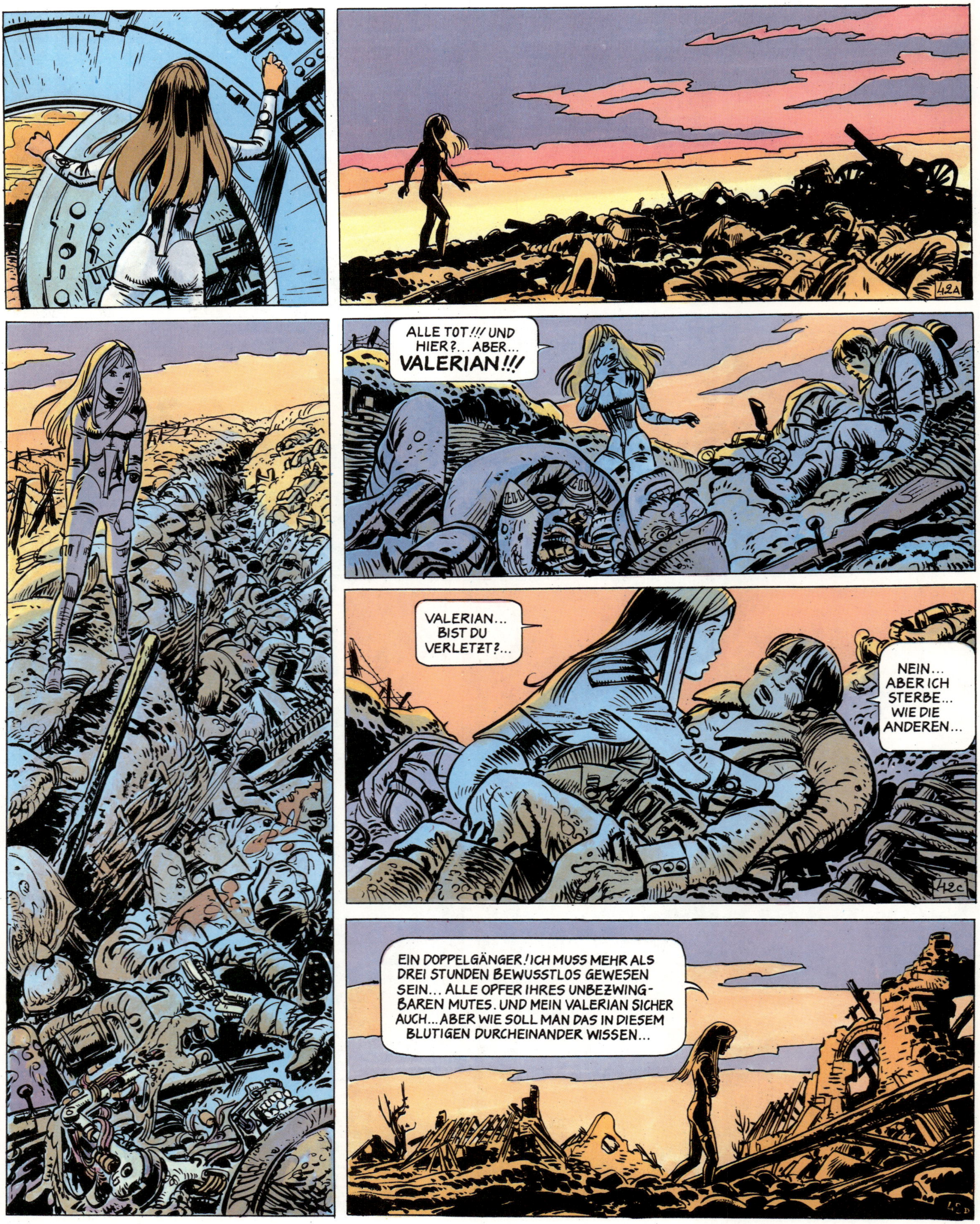

ALLE TOT!!! UND HIER?... ABER... VALERIAN!!!
VALERIAN... BIST DU VERLETZT?...
NEIN... ABER ICH STERBE... WIE DIE ANDEREN...
EIN DOPPELGÄNGER! ICH MUSS MEHR ALS DREI STUNDEN BEWUSSTLOS GEWESEN SEIN... ALLE OPFER IHRES UNBEZWINGBAREN MUTES. UND MEIN VALERIAN SICHER AUCH... ABER WIE SOLL MAN DAS IN DIESEM BLUTIGEN DURCHEINANDER WISSEN...

ES IST FURCHTBAR...!
ZZZZ
VALERIAN!!! DU... DU LEBST?...
HMMM...
43A
WIE?!!... OH, DU BIST ES! WEISST DU, ICH BIN WAHNSINNIG MÜDE...
MEIN ARMER KLEINER! NICHTS UNGEWÖHNLICHES! DIESE VAMPIRE HABEN DIR DAS BLUT AUSGESAUGT!!
ABER DAS IST JETZT VORBEI! ICH GLAUBE, ICH FANGE AN, DIE SITUATION ZU VERSTEHEN...
JA? UM SO BESSER, DENN ICH FÜHLE MICH EHRLICH GESAGT ZIEMLICH MIES...
LOS, GEHEN WIR!
WIE DU MEINST...
43B

HIERHER...
44A
SIEH MAL AN, IHR! ICH MUSS GESTEHEN, DASS ICH EUCH VERGESSEN HATTE! DAS GESPRÄCH IST SO FASZINIEREND...
ANGENEHM! SCHLIESSEN SIE SICH UNS AN! WIR ENTWICKELN GEMEINSAM NEUE PROGRAMMIERTE AKTIONEN, UND SOBALD SICH MEINE GENERATOREN ERHOLT HABEN, WERDEN...
SOBALD SICH IHRE GENERATOREN ERHOLT HABEN, WERDE ICH IHNEN SAGEN, WAS GEMACHT WIRD! SIE WERDEN MEIN RAUMSCHIFF FREISETZEN! ES IST ZEIT ZURÜCKZUKEHREN!
PAH...
ES IST AUCH... EIN BISSCHEN MEINS, ODER!? SCHLIESSLICH ...
SIE SIND VULGÄR, MEINE KLEINE!... BEGREIFEN SIE NICHT? DIE VERGANGENHEIT VOLLSTÄNDIG WIEDERERSCHAFFEN, DAS IST EIN ÄSTHETISCHER AKT, DER UNGLAUBLICH VERRÜCKT...
IM GEGENTEIL, ICH BEGREIFE SEHR WOHL! IHR NEUER FREUND BEDEUTET ÜBERHAUPT KEINE GEFAHR FÜR GALAXITY! DAS IST WUNDERBAR, UND ICH WERDE ES WEITERGEBEN. ABER DAVON ABGESEHEN:
WAS GEHT MICH IHR DÄMLICHES 19. JAHRHUNDERT AN?
44B

* SIEHE ZUM BEISPIEL: „DIE STADT DER TOSENDEN WASSER"

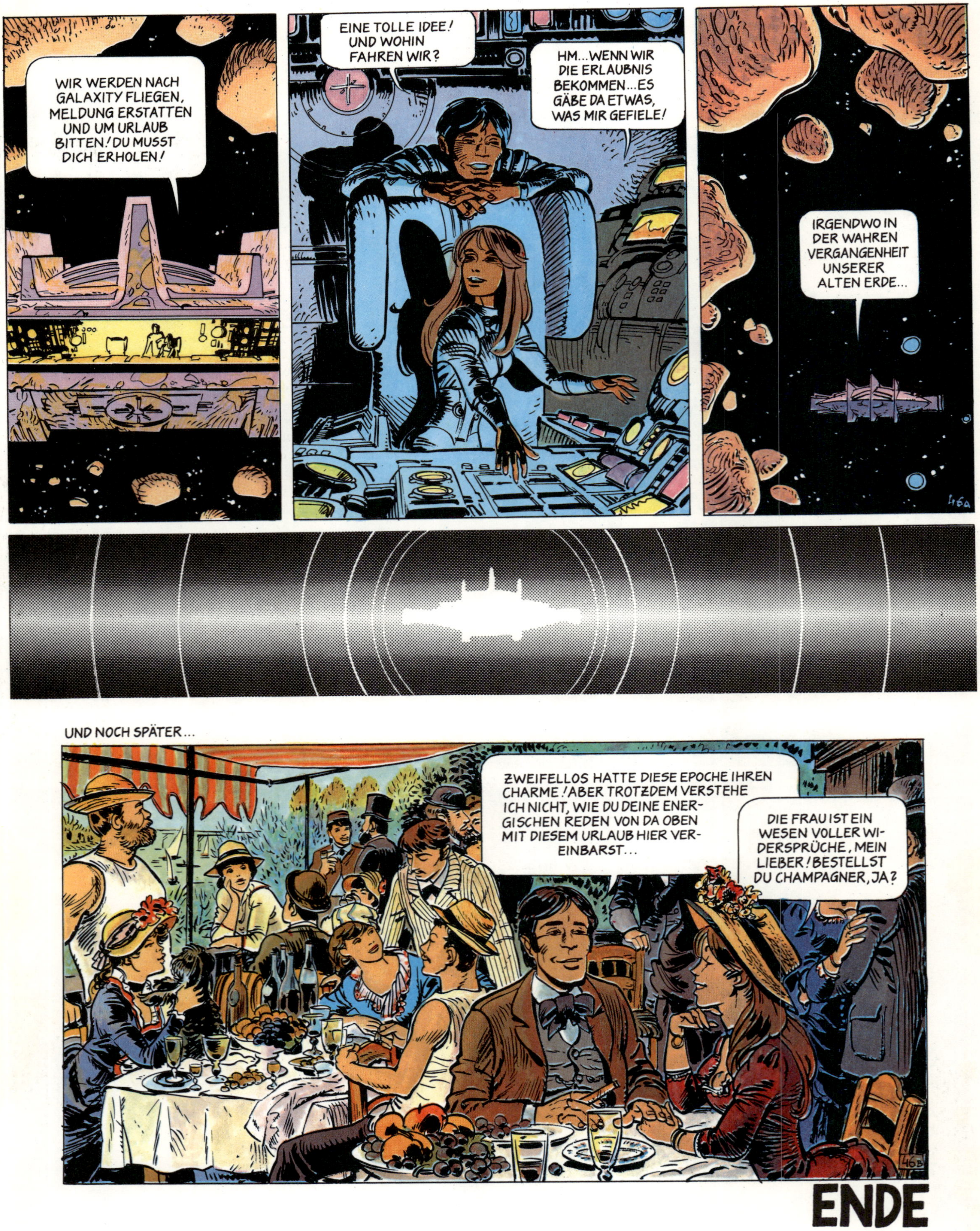
WIR WERDEN NACH GALAXITY FLIEGEN, MELDUNG ERSTATTEN UND UM URLAUB BITTEN! DU MUSST DICH ERHOLEN!
EINE TOLLE IDEE! UND WOHIN FAHREN WIR?
HM... WENN WIR DIE ERLAUBNIS BEKOMMEN... ES GÄBE DA ETWAS, WAS MIR GEFIELE!
IRGENDWO IN DER WAHREN VERGANGENHEIT UNSERER ALTEN ERDE...
UND NOCH SPÄTER...
ZWEIFELLOS HATTE DIESE EPOCHE IHREN CHARME! ABER TROTZDEM VERSTEHE ICH NICHT, WIE DU DEINE ENERGISCHEN REDEN VON DA OBEN MIT DIESEM URLAUB HIER VEREINBARST...
DIE FRAU IST EIN WESEN VOLLER WIDERSPRÜCHE, MEIN LIEBER! BESTELLST DU CHAMPAGNER, JA?
ENDE